文芸社セレクション

DVer(ディーヴァー)～DVをする人～

殺すのはやめて失踪しました。

久米 はる

文芸社

目次

「失踪」

一九九〇年九月、長い長い私の地獄は始まった。

〈出会い〉

短大を出て、電機メーカーに就職し、私ははじめての社会人生活を謳歌していた。

仕事は想像していたよりも辛くなく、ホワイトな会社で、残業もなく、営業アシスタントという職種が合っていたようで、やりがいもあった。

仕事が終わると上司や同じフロアの仲間で夕飯に行ったり、呑みに行ったりするのも楽しかった。学生時代は本業の勉強の他にアルバイトもしなくてはならず、いつも忙しかったが、仕事さえしていればお金も出来て、週末にはフリーの時間も出来て、なんて素敵なんだろうと思った。

バブル全盛期だったからか、上司が連れて行ってくれるところは、どこも美味しいお店ばかりだったし、帰りにはお土産にお寿司をたくさん持たせてくれ、タクシーチケットも当たり前に渡してくれたりして、ＯＬ生活を満喫していた。

土日休みで会社独自の休みも多かった為、同期の仲間で遊びに行くことも多かった。

同じ勤務地の同期のなかで、なんとなくいつも一緒に遊びに行くメンバーも出来ていき、その中に私の結婚相手になる人がいた。

最初は同期の中の気の合う六人で遊んでいたけれど、そのうち、彼から個人的に誘われるようになった。

彼は大学受験の際に一浪しており、さらに大学生の間に一年留年していたから、同期とはいえ短大卒の私より年齢は四歳上だった。

たったの四歳だけれど、二十歳の私にはちょっぴり大人に映ったり、関西弁でハキハキしているところに、なんとなく惹かれていった。

会社帰りに夕飯を食べに行ったり、休日に遊びに行ったりしているうちに、あっという間に結婚という言葉が彼から出るようになっていた。

幼少の頃から結婚に憧れの強かった私は、浮かれていたのかもしれない。

付き合い始めてから、すぐに彼の両親にも紹介され、それからは結婚に向けての準備が始まっていった。まだ入社一年目の冬のことだった。

〈婚約期間〉

思い返してみれば、結婚が早すぎた。当然だ。二人とも入社一年目から結婚の話になったのだから。

それには、お互いの家庭の事情もあったのかと思う。

彼には四歳下の弟さんがいた。その弟さんは、高校生の時にバイクの事故で亡くなっていた。

私が彼と出会う以前のことなので、詳しくは知らない。「坂本九さんが航空機の事故で亡くなった時に、俺なら飛行機が落ちても死なないと言っていたのに」…と義母が言うのを一度聞いたことがあるだけだ。

私は、その弟さんと同い年である。そんなことも、彼の両親には何か響くものがあったのかもしれない。

そういう事情で彼が一人っ子になってしまったこともあり、彼の両親は、早く家督を継いでもらいたい気持ちも強かったのではと推測している。

私の方の家庭の事情といえば、それは大した理由ではない。

当時、実家の周りには、結婚せずに独身を通している女性が何人かいた。

その理由が「せっかく就職したのだから、結婚は後回し」にしていた彼女たちが、そのまま結婚しなかったからだ。

今にして思えば、それはそれでいいと思う。

けれど、時代的にはまだまだ「女は結婚して子供を産むのが幸せ」という風潮だった為、両親は私に結婚して欲しかったようでもあるし、私は風潮のせいではなく、単純に結婚して、子供を産みたかっただけで、特別に何か深く考慮したわけでもない。

私には物心ついた頃から、たった一つだけ、夢見る未来があった。なりたい職業というものはなかったけれど、憧れる未来の姿があった。それは「子供が保育園に通うようになったら、手をつないで、歩いて登園したい」というものだった。実にささやかな夢だった。

だから、余計に結婚に対する憧れが強かったのだと思う。

そういうお互いの背景もあり、早々に結婚の話はまとまった。

〈死ねばいいのに〉

結婚は決まったものの、色々と準備をするうちに、彼の本性が分かってきた。まず、どうして彼が私を選んだのかが分かってしまった。彼は私ではなく、私の実家が気に入っただけだった。

私の両親は、小さな商店を営んでいた。二人だけで経営している本当に小さな商店だ。

けれど、なぜか彼にとっては、それが大事であったらしい。

彼の概念では、サラリーマンよりも自営業の方が、金銭的な余裕がある、ということらしかった。

自営業にも色々あるし、経営状態にもよるし、両親にそんなに金銭的な余裕があったとは思えない。

けれど、彼が私を選んだ一番の理由は、それだったのだ。

二つ目の理由は、私の体格が良かったこと。身長一六〇cm、体重五五kgの私は、いかにも頑丈そうに見えたのだそうだ。それは、彼の両親の教育の賜物だった。年頃になると、いつも「結婚するなら、健康で丈夫な人とするように」と言われていたらしい。

最初に彼に嫌悪感を抱いたのは、新居での家具選びの時だ。

今もそんなことを言われるのかは知らないけれど、当時、器＝家を用意するのは、夫側。中身＝家具家電を準備するのは嫁側、と言われていたから、私の両親は家具と家電を準備するつもりでいてくれた。とは言っても器＝家は社宅だったので、彼の方は何も準備しなかったけれど。

私は、両親と家具を選びに行くつもりでいたのだが、彼は一緒に行くと言った。

使うのは、私と彼になるわけで、それなら一緒に見に行こう、ということになった。

転勤族ということも分かっていたので、本当に必要最低限の家具があればいいと思っていた私と、彼の欲しい家具は全く違っていた。

彼は、あれも必要、これも必要と全てを揃えたがった。しかも、高級なものを欲しがった。使い勝手よりも、いかに高級であるかを重視していた。

私には、その感覚が理解出来なかった。自分のお金で買うわけじゃないのに、高いものを要求する神経が分からなかった。けれど、心はもやもやしつつも、買うものはどんどん増えていく。

この時、私がしっかりしていれば良かった。でも、それこそが私という情けない人間なのだった。

そしてまた、両親もビシッと言える人たちではなかったのだ。彼の行動に、きっと戸惑ったと思うけれど、「幸せな結婚」よりも「無事に結婚」出来ることが重要だった両親は、波風を立てることが出来なかったのではと思う。

この時点で私は彼に大きな疑問を抱くようになっていた。

この日以外にも、彼の本性を知る度に、私は彼をどんどん嫌いになっていった。

まず、彼は約束を守らない。待ち合わせには平気で何時間も遅れてくる。嘘をつく。

これだけでも、私は彼とすぐに別れるべきだったと反省する。

けれど、別れられなかった。

なぜなら、その頃すでに彼の親戚一同にも結婚の話は行き渡り、結婚を取りやめるなんていうことは、許されなかったからだ。

彼を含む彼の家族は、みな一様に見栄っ張りだった。世の中で一番大事なことは世間体なのだった。そんな家族にとって、結婚が破談になることなど、決して許されることではなかったのだ。

本当にこの人と結婚していいのだろうかと悩んでいる間にも、結婚の準備はどんどん進んでいった。式場も、式の段取りも、ウェディングドレスも、新婚旅行も、何もかも決まっていき、もう後戻りは出来なかった。実際、彼に「恥をかかせるなよ」と凄まれたこともあった。

すでに彼に愛情を失っていた私は、結婚式を翌日に控えた夜、「事故にでも遭って、死んでしまえばいいのに」と強く願ったが、残念ながら、その願いは叶えられなかった。

結婚式を終えてしまい、新婚旅行から帰る時には、当時よく耳にした「成田離婚」という言葉が脳裏をよぎった。

離婚出来る最後のチャンスかもしれないと思ったのだ。

私がそんな思いでいることは、誰も知らなかった。

〈初めての暴力〉

新居での生活が始まってすぐに、最初の事件は起きた。

新居に荷物を整える際、彼は自分の荷物の中に大量の洗濯物を持ってきた。

それは押入れ半間がびっしり埋まる量だった。

その量の多さに驚いたが、徐々に洗濯をしていくしかないね、と話していた。

洗濯機はあったものの、まだ物干し竿が準備出来ていなかった新居では、どうにも洗濯は捗らなかった。

今から三十年以上も前の話であり、携帯電話もなく、各家庭にインターネットがある時代でもない。車も持たない新婚夫婦には物干し竿を購入する手段は「竿屋」さんに頼るしかないのである。

「た〜けや〜、さ〜おだけ〜、二本で千円」

今でも竿竹屋さんがいらっしゃるのか分からなければど、不定期にしか回って来ないであろう竿竹屋さんの、この声を何日も待ち焦がれたのだ。

　竿竹屋さんは、なかなか来てはくれなかった。どこかに連絡すれば来てくれる、と言うわけでもなさそうだし、ひたすら耳をそばだてていた。

　物干し竿さえあれば、大量の洗濯物を干すことが出来るのに、物干し竿がないと、本当に少量の洗濯物しか干せない。

　そもそも物干し竿を買うまではたいして洗濯が捗らないと思っていた私は、毎日の最低限の洗濯しかしなかった。

　洗わなければいけない物は、その日に着た洋服、下着。それにタオル類。それで十分だ。


　そんな日が何日か過ぎた週末。

　あれは何時くらいだったか、どういう流れでそうなったのかは覚えていないけれど、夫は自分の持ってきた、洗わなければいけない洋服の山が、全く小さくなっていないことに激怒した。

私にしてみれば物干し竿がない時点で、そんな大量の洗濯は当然無理だと思っていたから、何をそんなに怒ることがあるのか、さっぱり分からない。でも、激昂している夫には、私の言葉は何一つ届かなかった。

夫の激昂ぶりを目の当たりにして、恐怖を感じた。何を言っても聞き入れてはくれないのに、夫は何度も詰問してきた。その問いになんとか答えようとすれば、火に油を注いだようになる。そんなやり取りを数回繰り返すうちに、夫の暴力が始まった。叩く、殴る、蹴る、胸ぐらを掴む、大声で暴言を吐く。それはきっと三十分くらいは優に続いた。

腕も、顔も、足も、全身が見る間に赤くなっていった。鬼のような形相で睨まれ続け、暴力が続いた。怖くて怖くて、逃げ出したくても、どうしても逃げられなかった。

その時から、夫は私にとって、恐怖でしかなくなった。私は自分がボロボロの雑巾になったように感じていた。

私は、痣と擦り傷だらけになり、身体中が痛かったはずだけれど、体の痛みは全く感じていなかった。「怖い」という気持ちでいっぱいだった。

結婚して、ほんの一週間での、この事件以来、私は奴隷になった。


夫の怖さが脳裏にこびりついて、夫と一緒にいる時には、常に緊張するようになっていた。夫が仕事で家にいなくても、会社から帰宅する時間には、さらに緊張が増し、玄関のノブが動く音がすれば、ビクッとするようになった。


夫は地雷で出来ている。そう思った。いつ、何がきっかけで、豹変するか分からない。それからの生活は地獄にいるようだった。

当時は、夫のことしか分からなかったけれど、世の中には、こういう種類の人間が少なからずいるのではないかと思っている。

夫は、些細なことで逆上するが、それは家庭外では見られなかった。だから、会社でも、そういう問題を起こしたことはないし、だから私も結婚するまでは、その本当の怖さが分からなかったのだろうと思っている。

世の中にさまざまな事件がある中で、「あの人に限って」とか「感じのいい人なのに、まさか」と言われる犯人たちも、そういう類の人間なのだろうと思う。

そういう人間には表の顔と裏の顔があって、たくみに使い分けられるのだ。

元々パチンコも好きだったらしい夫は、週末にパチンコに行くようにもなった。

パチンコに行くと、一日帰宅しないこともざらだったし、それで大負けすることもまた、ざらだった。ただ、夫と一緒に家にいることが苦痛だった私は、たとえ大負けしても、家にいないでいてくれた方がよかった。持ち金がなくなると、一旦帰宅して「あと一万円だけ欲しい」と無心してきたことも数えきれないが、それでも出かけていてくれた方がよかった。

私は、そんな状況を誰にも話せずにいた。

実家の両親には心配をかけたくない一心だったし、仲の良い友達にも、なぜか言えなかった。

今のようにSNSがあるわけでもない。そもそも携帯電話すら、なかった。

夫に離婚を切り出すことも到底無理だった。

世間体が一番大事な夫が、離婚などしてくれるはずがなかった。

離婚出来ないのなら、このまま結婚生活を続けるしかない。それには何か救いが必要だった。

結婚前から子供が欲しかった私は、子供が生まれれば、もしかしたら夫も変わるかもしれないと考えた。後から思えば、どう考えても、甘い考えだけれど。

そんな夫との夫婦生活はたまらなく嫌だったけれど、子供を持つ為には仕方がなかった。それに、夫の要求に応えないと、また暴力を振るわれるのだ。

その頃の私には、もう自尊心のかけらもなくなっていた。いや、そもそも自尊心がある方でもなかったけれど、ほんの少しでも自尊心があれば、どうにかしてその地獄から這い出す方法を模索していたのかもしれない。

〈私という人間〉

当時からずいぶん年月を経た今でも、私には自己肯定感がない。

日本人によくある「謙遜」の好きな母親に育てられた。

母と一緒にいる時に、私がよそ様に褒められるようなことがあっても、母は全否定していた。

私はそれを、たいして気にしていたわけではないけれど、常に否定されていたことは、私という人間のベースになってしまったように思う。

よそ様の前では「謙遜」しても、よそ様のいない家の中では、褒めてくれてもよかったんじゃないかと大人になってから思った。もしかしたら、褒められるようなことの一切ない子供だったのかもしれないけれど。と、こう思うあたり、実に自己肯定感のなさが滲み出る。

さらに、母の口癖は「バチが当たる」だった。

私は幼少の頃から怪我をすることが多く、怪我をする度に「バチが当たったんだ」と言われていたのだ。

三歳の時には、タンスの引き出しを下の段から順番に開けて、開けた引き出しの上に登り、何段目かのところでタンスが倒れてきた。

タンスの上にあったガラスケースのような物が派手な音を立てて、部屋中に散らばったのを覚えている。なるほど、この時の怪我は「バチが当たった」と言われても、仕方がない。

ただ、こういう怪我以外の、ごく普通の怪我、例えば転んで出血、などの場合にも母の第一声は「バチが当たった」なのだった。

私の怪我の多さは並ではなかった。

小さな怪我は日常茶飯事で、常に絆創膏は必需品。それは、おばさんになった今でも変わらない。それに加えて、大きな怪我も多かった。

小学三年生の時、放課後に校庭のジャングルジムのてっぺんから飛び降りる、という遊びをしていて、着地に失敗して手首を骨折。痛くて痛くて歩けないほどだった。家に帰りたくても一歩足を踏み出す度に手首にジーンと響く強い痛みが走り、次の一歩が踏み出せなかった。いつもなら徒歩一〇分の帰路がとてつもなく遠く感じて途方に暮れた。満身創痍でようやく家に辿り着いても、手首の痛みを母に伝えなかった。伝えても「バチが当たった」と言われるのがオチだと思っていたから、言わなかったのだ。

怪我をした私に「大丈夫？」とか「痛かったね」とか、まして「痛いの痛いの飛んでいけ」などと言ってくれたことはなかったように思う。

別に母を恨んでいるわけでもなく、文章にするとひどい母親のようになってしまうのが申し訳ないとさえ思うくらい、当時の私は母親に対してなんとも思っていなかった。

だから、今になって思うことがある。

世の中には、辛い目に遭っている子供がたくさんいても、当の本人はそのことに気付いていないかもしれない、と。

大人になって周りが見えてくると「どうして自分だけがこんな目に遭わなくてはいけないのか」と気付くのではないだろうか。

子供にとって、家庭はほとんどの、その子の世界を占めている。

幼い子供にとって、家庭と学校が全てという環境はとても多い。今ならば、そこに習い事や、塾が加わる場合も多いか。

そして、小さな子供は、学校や遊びの場で家庭の話などしないのである。

末っ子が小学校に入ってから何年か小学校の相談員をしていた私は、子供たちからたくさんの相談を受けていた。

大抵は友達とのトラブルや勉強のこと、恋愛の相談が多かった。

大人からみれば、その子の困りごとの背景には家庭の問題が一番だと思える場合も、子供はまさか両親や家庭に問題があるとは思っていない。自分の環境に疑問を持っている子供には、少なくとも私は会ったことがなかった。

だから、私が母親に疑問を持たなかったことも、不思議なことではないのかもしれない。

けれど、気付かないまま、その環境で育てられたことは、そのまま私の根っことなってしまったようだった。

辛いことがあっても、当たり前。いや、それが辛いことだとすら思わない時もある。まして、それを人に相談しようなどとは、思い付きもしなかった。もし、自分が辛いとすれば、それは自分の悪行によりバチが当たっただけだと思っているのだから。

人から何度も何度もひどい暴力や暴言を受けるほどの悪行とは、一体なんだろう。

ただ、そういう私も、人生で一度だけ人に手を上げたことがある。

小学校三年生くらいだった三男の頭をペチッと叩いたことがある。それは本当に「ペチ」という程度だったが、なぜ叩いたのか、原因は覚えていないけれど、三男に腹を立てたのだと思う。

それまでの人生で、人に手を上げたことのなかった私は、いざ頭を叩く時も、躊躇(ちゅうちょ)したことを覚えているし、叩いた瞬間、私の心はひどく痛んだし、それは、思い出す度に今もチクチクと痛み、三男に「ごめん」と思う。

それ以外の悪行とは、なんだろう。たとえば…人に嘘をついたことがある。特に、親には何度もあったように思う。友達のボールペンを壊してしまったこともある。未成年なのに、飲酒をしたこともある。中学生の時に、給食後の掃除をサボって何人かでコソコソしていたことがある。ただ、この時は担任の先生にこっぴどく叱られ、五十発ほどもビンタをされたし、それ以来、私はどんなこともサボることはないから、その罪のバチは当たり終えたと思っている。今にして思えば、ほんの十分間の掃除をサボった罰が、ビンタ五十発とは、先生の方がよっぽど罪が重いんじゃないだろうか。

それから、落ちているゴミを拾わなかったこともある。それは、大きな声では言えないけれど今でもある。そのゴミが汚かったら、なかなか手を出せないのだ。まして、その後すぐに手を洗うことが出来ない状況だと尚更難しい。変なところで潔癖症が出るのだ。それは、なかなか罪が重いかもしれず、ちょっぴり反省をする。

少し思い返してみるだけでも、色々と自分の悪かったところは出てくる。きっと他にもたくさんある。気付かぬうちに人を傷付けたことも、きっとたくさんあるだろう。

決して良い行いばかりの私ではないけれど、でも、犯罪を犯したことは一度もない。いわゆる極悪非道な種類の人間ではないと自分では思うのだ。それなのに、こんなにひどい虐待を長年受け続けるのは、割に合わない気がする。

私の境遇をよく知る友達に、「前世で何したの？」と言われたことがある。前世のことなんて、もちろん覚えていない。覚えていられたらよかった。もし私が前世で悪いことをしていたなら、辛い目に遭っても納得出来るではないか。

〈長男の誕生〉

結婚して三年目の秋に、待望の長男が生まれた。私は「愛おしい」という感情を初めて味わっていた。自分のことよりも大事な存在があるのだと、この時初めて知った。

それまでの人生では味わったことのない幸せな感情だった。こんなにも愛おしい長男がいてくれたら、夫も少しは変わるのではないかと思えた。

赤ちゃんの持つ力はすごい。見ているだけで幸せホルモンが出続けるような気がしていた。子育ては大変な部分ももちろんあるけれど、その何倍も幸せな気持ちに包まれる。

長男が生まれて、私は幸せだった。産後に実家に戻っていたことも、私には嬉しいことだった。

その間は、毎日夫と顔を合わせなくて済む。

それだけでも心は穏やかになった。

産後一ヶ月くらいを目処に、実家から自分の家に戻ることにした。

長男を連れて戻った時、私は途方にくれた。

部屋は散らかり、あらゆるところが汚くなっていた。夫は、私の不在の間に一度も掃除をしていなかったのだ。しかも浴室や洗面には長い髪の毛がたくさん落ちていた。明らかにショートボブの私の髪ではなかった。

女性を連れ込んでいたことは明白だった。

けれど夫に愛情のかけらもなかった私は、女のことには動揺すらしなかった。そんなことより、赤ちゃんと暮らす準備として、家を綺麗にすらしてくれない、しようとも思わない夫に失望していた。


赤ちゃんを迎え入れる準備もない夫は、案の定、子育てには関わらなかった。平日は仕事が終わっても真っ直ぐには帰ってこないし、週末もほとんどいなかった。

だから、夫は多分一度もオムツを替えたことはない。お風呂に入れてもらった覚えもない。

全く一人での初めての育児は大変だったけれど、相変わらず夫が家にいないことの方が私には心地良く、心は穏やかでいられた。

けれど、表面上穏やかな生活は、長くは続かなかった。

全く育児に関わらない夫に、長男がなつかない。夫では長男をあやせないし、泣いた時も泣き止ませられない。そうなると、ますます悪循環で、泣き止まない長男に夫がイライラすることも増えていった。

長男がハイハイをするようになった頃、許せない事件が起きた。

休日の昼食後。夫は和室でお茶を飲み、テレビを見てくつろいでいた。私はキッチンで後片付けをしていた。長男は機嫌よくハイハイをして動き回っていた。

その時、夫は湯呑みを畳の上に置いていた。そこに長男が近づき、湯呑みを引っ掛けてしまったのだ。

やけどをするほどの温度ではなかったので、ホッとしたものの、赤ちゃんがいる部屋で、そんなことにも配慮しない夫に腹が立った。それなのに夫は、あろうことか長男に激怒した。

ハイハイをしている赤ちゃんが湯呑みを倒したことに、激怒したのだ。信じられなかった。そんなところに湯呑みを置いている夫が悪いのに。

激怒する夫にびっくりした長男は激しく泣き出した。その泣き声に、夫はますます怒る。その怒りは、すぐに私に向けられた。どういう理屈で、私に怒るのか。それは、ちゃんと躾をしていないという言い分だった…。

そういう夫はよほど何の躾もされずに育ったのだろう。

心底信じられなかった。何をどう夫に伝えればいいのか。激昂している夫に何も通じないことを、その頃の私は十分に知っていた。

泣き続ける長男を抱っこし、目は夫を見ながら、しかし長男をあやすと夫の話を聞いていないと言われるので長男に声をかけることは出来ず、左右に揺れながらなんとか長男を落ち着かせようと抱いたその手に気持ちを込めていた。

その私を目掛けて夫は箸を投げてきた。私への暴力は日常茶飯事だったけれど、さすがの夫も子供を危険な目に遭わせたことは、それまでなかった。それなのに、ついに夫は子供にも危険を及ばせるようになったのだ。

箸が長男に当たらないように逃げる。的が外れてさらに怒った夫は、次から次へと手当たり次第にキッチンの物を投げつけてきた。

私は長男を守るのに必死だった。そのまま家を飛び出してしまいたいくらいだったが、なんの準備もなく赤ちゃんを連れて家を出られるわけもなかった。自分の荷物、赤ちゃんの荷物、それらを持つ余裕など微塵もなく、ただひたすら長男が怪我をしないように守りながら、夫の怒りが鎮まるのを待つより他なかった。

それまでにも夫の私への暴力は続いていたものの、とうに自分の人生を諦めていた私は慣れてしまっていたし、子供さえ守れるのなら、我慢が出来た。夫がいると家は地獄だったが、平日はほとんど長男と過ごせたし、夫は週末も出掛けてばかりいたおかげで、苦痛な時間は短かったから、何とか耐えられたのだ。

けれど、長男にまで危険があるというなら話は別だ。

その時ようやく離婚という言葉が私の脳裏をよぎった。結婚してから、三年が過ぎていた。

何日か考えた末、夫の落ち着いている頃を見計らって離婚の話を切り出してみた。

なるべく静かに、針のむしろの境地だったけれど、とにかく話を聞いてもらえるように細心の注意を払いながら。

しかし、案の定すぐに夫は怒り出した。予想はしていたが、そこからは地獄で、修羅場だった。

何よりも世間体を気にする夫にとって、離婚などあり得ないのだ。夫が離婚したくない理由は、その一点に尽きる。

もちろん私への愛情などとうの昔になくなっているし、長男への愛情も疑わしい。

私は、切り札にとっておいた、浮気の件に触れてみた。

ほんの少し動揺の色は見られたものの、浮気など一切していない、の一点張りで、怒りはさらに大きくなった。人は大抵、図星を指されると怒るのだ。特に、夫のような、外面だけを重視している人間は。

修羅場の最中でも、その地獄に慣れていた私は冷静だった。自分はどれだけ傷を負ってもいいから、長男だけは守る。これ以上、怖い思いをさせたくない。もう、こんな夫からは離れるしかない。

私はいっそう離婚の気持ちを強くした。

話し合いでの離婚など、到底出来そうにないと悟った私は、法的にきちんと離婚出来る方法を考えた。

夫の不倫は、そういう意味で好都合だった。不倫の証拠があれば、離婚出来ると思ったからだ。

〈離婚へ〉

離婚するしかないと覚悟を決めた私は、夫の不倫を切り札に離婚出来ると考えた。

そして、不倫の証拠を摑むには探偵に依頼するしかないと思い、探偵を探した。探偵なんて、小説かドラマか映画の世界の話だと思っていて、まさか自分がお世話になるとは思っていなかったけれど、その成果にとても期待していた。

何を調べるにも、今のようにスマホで探すなんてことは出来なかったので、電話帳で調べた。あまり多くない探偵社の中から、なんとなく誠実そうな所に連絡をした。

探偵の方と会い、どのように尾行するのか、怪しい日は見当がつくのか、などの話の他、料金についても決定し、正式に依頼をした。

夫の様子を見て、怪しいと思われる日は、すぐに分かった。週末に一泊で出かけると言ったのだ。その日を探偵さんに伝え、尾行してもらった。

尾行をしてもらう日の朝、出かける夫の車の後をつける探偵さんの車をこっそり見て、何となく落ち着かず、ソワソワしていた。

その結果、探偵の方も驚くほど、あっという間に、実にあっさりと夫の不倫の証拠を摑むことが出来た。

おまけに不倫の相手は同じ会社の同じ部署の、私もよく知る後輩だと分かった。

私はなぜ、こんな男と結婚したのか。夫の不倫は少しも辛くなかったが、後輩が相手だったことはほんの少しショックだった。そんなことにも気づかなかった私もまた、馬鹿な人間なのだった。

証拠は揃ったから、次は離婚調停だ。弁護士さんには夫の不貞を伝え、離婚したい旨を伝え、調停が始まった。

この時、私は夫から暴力を受けていることを、なぜ弁護士さんに伝えなかったのだろう。

まだDVという言葉もなかったように思うし、私の中のランキングとしては、夫婦にとって不貞が一番重い罪だと思っていたのかもしれない。不貞は即離婚だと。

だから、すぐに離婚出来るものだと思っていたけれど、何ヶ月もの時間を使って出された結論では、離婚が認められなかった。

子供が小さいこと、不倫を反省していること、などの理由だったと思う。

私は絶望した。探偵社への決して安くはない報酬と、調停費用、弁護士さんへの報酬、さらに長い時間をかけた結果、離婚が認められないなんて。二十代半ばの私は、いかに世間知らずだったのか。もう私と長男が安らかに生きられる場所は、この世にはないのだと思った。

さらに悪いことには、調停を経たことで、夫とはより一層険悪になった。夫にとっては、私が調停を起こしたことは恥をかかされたことに他ならないのだ。


不倫を反省なんて、嘘である。口だけだ。

いや、不倫のことなんて、どうでもいい。


外面の良い夫は、他人の前と、家の中では全く違う顔を持っていた。

外面だけは良いので、表面上のやり取りは穏便に済ませてしまうのだ。

これからは、家庭を大事にします、とか何とか言って、調停でも反省したフリをしたのだろう。

夫の演技に、弁護士さんも騙されて終わったのだ。


今でこそＤＶといえば誰にでも分かってもらえるが、当時は家庭内暴力という認識は世間ではあまり浸透していなかった。

ようやく男女平等と言われ始めた頃だったように思う。それでも、結婚したら女は仕事を辞めて、家に入るという価値観を持つ人がまだまだ圧倒的に多かった。

私も結婚を機に会社を辞めて、特に疑問を持たなかったし、夫も義父母もそれを当たり前だと思っていた。家事＝女の仕事と思われていたし、だから女は男の稼ぎで生きていると思われていたし、ひいては、それが男尊女卑につながっていた側面は否めないと思う。

とにかく私はひどく絶望した。正式に離婚の話が出来ないのならば、どうすれば良いのか。

それまで実家の両親には何も話していなかったが、ついに話す決心をした。両親に話して、実家に戻ろう。

〈実家〉

それまでの夫の暴力、その暴力により全身あざだらけになることも多々あったことや、暴言の数々、長男への影響のことなどを両親に話し、私の決心を伝えてから、自分と子供の最低限の荷物を準備して、夫が仕事に出掛けている隙に家を出た。

夫宛ての手紙を残し、実家に戻り、ほんの少し気持ちが和らいだ。

今まで一人で耐えてきたけれど、さすがに両親の前で暴力は振るわないだろうと思ったことと、単純に実家の安心感があった。

だが、夫は私の想像を超えていた。

家を出たその日の、あれは夜九時頃だったたか。田舎の家で、日頃寝る時くらいしか鍵を閉めていない実家の玄関が、ガラッと大きな音を立てて開けられた。慌てて見に行くと、物凄い形相の夫がいた。そのまま靴も脱がずに部屋に入っ

てきた夫は、

「ミキヤを返せ」とすごんだ。

咄嗟に長男を抱えた私と、両親に向かって、夫はさらに続けた。

「ミキヤを返せ。お前らを殺してでもミキヤは連れて行くからな」

ドスの利いた声で私を睨んでいた。

睨んでいたけれど、凶器は持っていないことを確認した私は迷うことなく警察に電話をした。迷う必要のないほど、夫は狂気に満ちていた。そんな状況でも冷静でいられるほど、夫の狂気には慣れていた。慣れてしまってからは、そういう私の冷静さが夫をさらに怒らせていた面もあったと思う。

私は、山で熊に遭遇した時のセオリーのように、夫の目を見据えたまま警察に助けを求めた。

警察が到着するまで五分か十分か、それは分からないけれど、たとえその間に暴力を振るわれようが、そんなことは構わない。とにかく長男と両親だけは守らなくてはいけない。

警察に電話をされた夫は、少なからず動揺しているようだった。けれど、それを私に察知されないようにもしているようだった。

警察は十分もしないうちに来てくれたが、待つ時間はとてつもなく長い時間に思われた。


警察の方は、丁寧に夫を説得した。人の家に土足で踏み込んではいけないこと。勝手に入ることは住居侵入罪になり、してはいけないこと。それから、夜分遅いから、今日は帰るように。

さすがの夫も、おとなしく帰って行った。そのあと警察官は、また何かあればすぐ連絡するようにと言い残して帰って行った。

何かあってからの連絡では、私はもう助からないと思っていたけれど、それは、仕方のないことのようだった。

今のようにストーカー規制法もなかった時代。身内の暴力沙汰には、ほとんど耳も貸してもらえなかった。夫婦喧嘩は犬も食わない。そんなふうにしか思われていないのを感じた。

ただ、この件で私の両親にも夫の怖さがようやく伝わった、と思った。それまで私が夫の怖さをどれだけ伝えようが、両親には伝わっていなかったと思う。

それ以来、実家では玄関の鍵をかけるようになった。私は実家で多少の安心感を得られたけれど、両親には申し訳ない気持ちでいっぱいだった。

それまで、平凡でささやかで、穏やかな生活をしていた両親にとって、それは受け入れ難い非現実的な衝撃の出来事だった。

玄関に鍵をかけたことなど、一度もなかったのに。それほど平和な生活をしていたのに。

思い出す度、胸がギュッと締め付けられる。

その夜以降、夫と義父母が何度か実家に来て、全員で話し合いをした結果、しばらくはそのまま別居をすることになった。

本当はそのまま離婚をしたかったけれど、それは案の定許されなかった。でも、とりあえず平穏な生活を送れることになり安堵した。

私にも長男にも愛情など感じていなかった夫なのに、別居をしてからは週末には頻繁に実家に顔を出すようになった。

それは私だけでなく、両親にも徐々に負担になっていき、心痛が絶えなかった。両親のストレスの、その吐け口は次第に私に向けられるようになっていった。

別居生活一年になろうとする頃、こんなことがあった。

夫が平日に有給休暇を取り、実家に来ると言う。その為に、最寄りの駅まで迎えに来て欲しいと言われた。別居ではあるが、離婚が成立しているわけでもないし、子供には会いたいと言われれば、無碍には出来ないし、そもそも夫への恐怖心から応じてしまう。

その日、両親は昼間は仕事で家を留守にしていた。夕方、私が駅まで夫を送っている間に帰宅した両親は、来客用のグラスがリビングにあることに疑問を抱いた。

別居中の夫を家に入れるのか。まして送迎までするのか、と。

何年も虐待を受けてきた私の恐怖心と、たった一度だけ恐怖を味わっただけの人間では、やはり恐怖心には差があるらしかった。

「命令」されたら逆らえない私のことは、両親には理解してもらえていなかった。

今なら分かる。なぜそんな男の言うことを聞いてしまうのか。聞かなくていいし、毅然とした態度でいろと。でも、何年も虐待された人間にしか、それは分からないのだ、とも思う。私は完全に奴隷だった。

父親は、誰を家に入れたんだと私に詰問した。

その日の状況を説明しても理解されず、挙句の果てには二歳の長男に、「今日、知らないおじさんが来たか」と聞き、なんのことなのか分からないまま「うん」と天真爛漫に答えたのを鵜呑みにし、あっさりと私が不倫しているという結論を出した。

父親の言い分はこうだ。

「お前はあいつが嫌いなんだろう？　それなのに、なぜ送迎までするんだ。しかも、そんなやつにお茶なんて出すはずがない。出す必要がない。違う男を入れたんだな」と。

父親は私の恐怖心を全く理解していなかったのだと、この時初めて悟ったし、こんなにも理解されないことに、ひどくがっかりした。

加えて、父親が私のことをそんなふうに思っていることにも落胆した。

それからは、両親と私の関係も明らかにギクシャクしたものになっていった。

私に対して不信感しかなくなった父親は、私だけでなく、長男をも嫌悪するようになった。

ある時、父親にこう言われた。

「あんな男の子供だ。どう育つか分からん。ミキヤさえ渡せば、あいつも離婚に応じるだろうから、渡せばいいだろう」

「あいつは、またいつ逆上するか分からない。俺はまだ死にたくない。巻き添えを喰らうのはごめんだ」

頭が真っ白になった。いろんな感情と思いが交錯する。

私は、自分のことよりも長男が大事だ。そして両親も大事だ。何かあれば、私が盾になり守る。

そうとしか思っていなかった。けれど父親は違った。

私と長男を守ろうなどとは微塵も思っていない。巻き添えはごめんだと言ったのだ。

思い返してみれば、私が長男を連れて実家に戻った日。夫が物凄い形相で乗り込んできた時にも、父親は一歩も前へは出なかった。夫にも何も言わなかった…。

そうか…そうだったのか……。

もしも私が父親の立場で、自分の子供が殺されようとしていたら、何の躊躇もなく子供の前に立ちはだかり、身を挺して守ろうとし、戦うだろう。子供には指一本触れさせまいと凄むだろう。

それに、世間ではよく「孫は可愛い」というではないか。父は孫が可愛くないのだろうか。ミキヤのことを、そんなふうに思っていたのか。


そうか……。

そうだったのだ。


この日から、私には何の希望もなくなった。

別に、両親に守ってもらおうと思っていたわけじゃない。そうだけれど。世の中の、基本的な、人間として、もっと言えば生き物としての本能で、親は子供が大事なものだと思っていた。私が自分のことよりも子供のことが大事なように…。

人生で何度目の失望だろう。どんよりと厚い灰色の雲がどこまでも広がり、そこには一筋の光もなく、その暗い世界で私は独りぼっちになったように感じていた。

もう実家にいるわけにはいかないと悟ったのと同じ頃、夫からは戻ってきて欲しいと何度も言われるようになっていた。もう暴力も振るわないし、キチンとする。今度そういうことがあれば、その時は離婚に応じるからと。

時には義父母も来て、私を説得するようになっていた。

何度かの話し合いの末、私は夫の元に戻ることになった。

夫の元に戻ることは、恐怖でしかなかった。

夫がなんと言おうが、私は震えるほど怖かったし、その話し合いでさえ、脅されているように感じた。けれど、私には他の方法はないように思えた。

二歳になったばかりの子を連れて、夫に見つからない場所でひっそりと暮らすことさえ、私には許されないのだ。実家に居場所がなくなった以上、私にはやはり、他の選択肢はないのだ。少なくとも、その時の私には、そう思えた。

〈夫の元へ〉

執念深い夫に根負けした形で、夫の元に戻った。

夫は一年間の家族の空白を埋めようと躍起になっているように感じた。

この家族には、いびつな匂いがぷんぷんしていた。それは、私だけでなく夫も感じていたと思う。

表面上の家族。本当の愛情なんて全く感じられない。けれど、「暴力はいけない」という約束と世間体だけで成り立っている家族。

こんな形で、子供が健全に育つのか不安だった。けれど夫も義父母も第二子を熱望していたし、怖くて断れない私もいて、夫の元に戻ってから半年も経った頃、妊娠が分かった。

夫は一応喜んだ。

長男の時に感じたが、夫は決して子煩悩なタイプではなかった。

第二子を「一応」喜んだのは、世間の手前と義父母の手前だ。

案の定、その頃から夫の様子は変わっていった。きっと、夫にとっては負担が増えたのだ。実際の負担ではなく、精神的な負担。これからは子供を二人見なくてはいけない、という…。

夫のイライラを感じ、より強い圧を感じるようになった私もまた、苦しかった。


二度目の産婦人科の健診で、赤ちゃんの心臓が止まっていると言われた。

私はとても悲しく、辛かった。自分のお腹にいる赤ちゃん=人間の心臓が止まっているというのは、かなりの衝撃だった。私の体の中に、死んでしまった人間がいる。それなのに、次の受診は一週間後と言われた。一週間後に、奇跡的にまた心臓が動いている可能性があるというのか…お腹の中に死んでしまった人間がいる状態は、どうにも受け止め方が分からず、苦しい一週間となった。

夫はどう思ったのか知らないけれど、家の中の空気は重かった。私は夫の嘘の言葉に興味はなかったから、そのことで会話をした覚えもない。元々そうだったけれど、やっぱり家の中は地獄だった。

家族団欒とか、そういう雰囲気は全くない。

私は、長男が少しでも幸せでいられるように、それだけを考えて過ごしていた。そして一週間後に、その赤ちゃんとはお別れをした。

夫は、約束通り私に暴力は振るわなかったが、暴言は日常茶飯事だった。そして、さらに悪いことに、徐々にその怒りの矛先は子供に向けられるようになっていった。

私に暴力を振るえないから、子供に暴力を振るうようになったのだ。

例えば、私と子供が寝静まった後に帰宅した時のこと。夫は機嫌が悪いと、寝ている長男を蹴って起こして、怒り始めたりした。それも、私にも、長男にも、一切関係のない内容で。

私は何度も「やめて。子供に手をあげないで。蹴らないで」と言ったが、それで暴力が収まったことは一度もなかった。

毎日毎日、夫が帰宅すると、家の中は監獄のようだった。監獄に入った経験はないけれど、ずっとそういう気分だった。それでも、もう実家に頼ることの出来なくなった私に、他の居場所はないと思い込み、耐えていた。

そういう生活が三年ほど続く間に、私はさらに二度妊娠したが、二度とも流産をした。暴力こそ振るわれなかったものの、相変わらず夫の圧は強く、常にストレスを抱えていたのが原因だったのだと思っている。

夫も義父母も、流産の原因が私にあるような言い方をするようになり、私はますます居心地が悪かった。

私はいたたまれなかったし、早くその状況から救われたい思いと、純粋に、もう一人子供が欲しい気持ちもあり、なるべく穏やかに暮らせるよう心がけた。そんな日々を過ごしたのち、長男が小学校に入学する頃に、ようやく第二子を授かることが出来た。

〈転勤〉

表面上の家族を数年続け、長男が小学三年生、次男が一歳半の夏に夫に辞令が出て、大阪に転勤することになった。そしてその時、私は第三子を妊娠していた。

引っ越しを夏休みに済ませ、大阪の街にも慣れた頃、夫は長男を塾に行かせると言い出した。

大阪は、夫の地元ということもあり、知り合いも多かった。ある時、その知り合いから子供の教育についてアドバイスを受けて帰ってきた。おすすめの塾も聞いてきた夫は、すぐに塾に問い合わせ、長男を通わせる段取りをつけてきた。夫は、長男の意思も確認せず、もちろん、私の意見など聞かなかった。

その塾は、電車で行かなくてはいけなかった。だから長男は、学校から帰ると家から最寄り駅まで歩き、電車に乗って通うことになった。塾のある日は帰宅すると二十一時くらいになる。

私は、慣れない土地で、電車で行くことも、帰りが遅くなることも心配だった。引っ越す前は、信号すらない田舎の通学路を楽しく通い、放課後は毎日六時にお寺の鐘がゴーンとなるまで遊び回っていた長男である。わずか三年生で電車に乗って塾に通うことは、私にとっても長男にとっても驚きと同時に不安だった。けれど、その辺りでは、案外珍しいことでもないのか、小学生が夜道を一人で帰っていても周りの人からも何も言われなかった。

その塾は中学受験の為の塾のようだった。

私自身、学習塾というものに通ったことがなかったから、初めて塾というものの中身を知った。

中学受験というものも、私には縁のなかったもので、難易度すら知らなかった。

塾に通うようになった長男は、急に忙しくなった。それまで毎日友達と遊んでいたのに、遊ぶ時間も全くなくなってしまった。

塾から帰ると、学校の宿題と、塾の宿題の両方をやらなくてはいけなかった。そして、もっと悪いことに、夫は長男の塾の勉強の進み具合をチェックするようになった。

今になって思うのは、子煩悩ではない夫にとって、子供と純粋に遊んだり、お世話をすることは得意じゃなくても、勉強の管理をすることは一見子育てに関わっているように感じていたのかもしれない。

夫は急に教育熱心になり、長男の為にとのめり込んでいった。


ところが、その勉強内容が難しいのである。

夫も大学を出ていたのに、算数などは簡単には解けなかった。いわゆる難関中学の受験対策の内容だった。まして、三年生の、ごく平凡な長男には、解説を聞いても難しい問題がたくさんあった。夫は、長男が解けないと、次第にイライラするようになった。それまでは長男よりも帰宅の遅かった夫が、いつの間にか先に帰宅して長男を待ち構えるようになっていった。

帰宅した長男に、「お帰り」も言わず、「今日はどうだった」と聞くようになった。

長男は、塾でやった問題を夫に見せ、そして怒られる日々になった。

私は長男がかわいそうで、見ていられなくて、塾を辞めさせたいと、何度も夫に懇願した。

けれど夫は、まだまだ学歴が重視される日本では学歴は高いに越したことはない、の一点張りで、長男の気持ちとか、長男の日常生活を心配する私は「甘い」と言われ、「どうせお前は何も出来ないんだから、黙っとけ」と言われるばかりだった。

そんなある日、私は心臓に強い痛みを感じた。三十分ほど痛みが続き、呼吸も苦しくなり、座ってもいられなかった。心配だったので病院を受診し、心電図もとってもらったが、異常はないようだった。

「妊娠中でもあるし、心臓に負担がかかっているかもしれない。なるべく安静にするように」と言われた。

妊娠に加えて、引っ越しの片付けや、産婦人科の健診、長男の転校の手続きや、次男のお世話、それに慣れない土地での諸々のことなど、毎日忙しく、実際には安静にしている時間はほとんどなかったから、体に負担がかかるのも仕方がないのかと、軽く受け止めた。けれど、この日から私は頻繁に強い心臓の痛みを感じるようになっていった。

〈冷たい夫〉

冬になり、長男もなんとか塾に通うのにも慣れてきた頃、私がインフルエンザに罹った。

妊娠七ヶ月目になっていて、三人目ということもあり、お腹はだいぶ目立つようになっていた。

当時、インフルエンザの薬、確かタミフルだったと記憶しているが、それが出始めたばかりで、安全性に不安があるから妊婦にはまだ処方出来ないと言われた。

だからか、インフルエンザの薬だけではなく、それ以外にも何も処方されなかった。ただひたすら安静にと病院で言われた。特に、咳はしないようにと念を押された。

安静にと言われても、次男は二歳になったばかりで、毎日公園に行くのを楽しみにしていたし、家事もこなさなくてはいけなかったから、状態はどんどん悪化した。

そんな私の状態を知り、その週末、夫は子供二人を連れて義父母のところへ泊まりに行くと言った。

夫の言い分はこうだ。

「子供を連れ出してやるから、ゆっくり休め」と。

夫にしては上手い言い方だ。要は、自分一人で子供二人の面倒も、家事も、私の世話もしたくないから、親に助けてもらいに行くのだ。熱も高く、咳も止まらず、もうろうとしている私の心配は、微塵もない。

何も出来ない私を置いて、夫はさっさと義父母の元へいった。

その日の夜中。私は強烈な痛みで寝付けなかった。最初は頭痛かと思ったが、耳の奥が痛いようだった。

怪我には慣れっこだった私ですら、経験のないほどのひどい痛みだった。手首の骨折の痛みよりも、麻酔なしで膝の傷を十針縫った時よりも、アキレス腱を切った時よりも、指の先端を五ミリほどスパンと切り落としてしまった時よりも、それから二度の出産よりも、人生の後にも先にも、あれほどの痛みはなかった。

なんとかやり過ごして眠ろうとしても、あまりに痛くて、横になっていることも出来ない。何時間か布団の上でうずくまり、救急車を呼ぶべきか、呼んでいいのか、そんなことで意識を散らしながら、一晩耐えた。

翌朝、日曜日だったが、どうにも耐えられず救急外来を受診した。

冬の救急外来は混んでいた。待合室で二時間ほど待つ間も、意識が遠のいていきそうだった。

ようやく診察室に呼ばれると、診断はあっさりと中耳炎だと言われた。ただ、よほどひどかったらしく、その場で簡単な手術をすると言われた。その処置がまた、激痛だった。

とっくに、いい大人だったが泣いてしまいたいほど痛かった。妊婦には麻酔は使いたくないのだそうだ。耳だから、手術の様子は見られなかったけれど、きっと麻酔なしで切開したのだ。気絶するかと思った。

その日の処置は終わったが、痛みは全くと言っていいほどなくならなかった。睡眠不足と、長引く激痛でふらふらだった。

私が、そんな苦しみの中にいても、夫からは連絡すらなかった。もちろん私も、なんの期待もしていない夫へ連絡しようとも思わなかったけれど。

結局、夫が帰宅したのは、日曜の夜だった。

〈長男の異変〉

月曜からは、夫は普通に出勤する。私の心配は一切しない。私の具合は全く良くなっていなくても、夫には関係ない。

仕事が休みの時だけ、一応何かしなくてはいけないと思っているらしかったからだ。

気力だけで、なんとか生活した。インフルエンザによるお産への影響を心配された産婦人科にも、頻繁に行かなくてはいけなかった。慣れない土地で、自分も精一杯の中、長男に異変が現れた。

それまでなんのトラブルもなかった長男の腕の皮膚が、ザラザラになっていたのだ。鮫肌のよう、とでも言えばいいだろうか。皮膚のトラブルなど一度もなかった長男の肌がザラザラになっていることは、ショックなことだった。このまま治らなかったら…と不安になるほどの見た目だった。

早速皮膚科を受診したところ、診断は「ストレス」とのことだった。

心当たりはもちろんあった。そもそも居心地の悪い家庭だった上に、塾に通い始めたことによる夫からのプレッシャーだ。

塾で教えてもらっても、解けない問題もあり、その度に長男は夫から怒られていた。

小学三年生の子が、ストレスにより肌に異変が起きた。子供をそんな目に遭わせるなんて、親失格だ。夫はもちろん、私も同罪だ。

私は長男を守ってなどあげられていなかったのだ。最低の母親だ。実家を頼れないから夫の元にいるしかないと思っていたことは、間違っていた。一刻も早く、この状況から長男を救わなければいけない。どうしよう、どうすればいいのだろう。すぐに準備は整わなくても、何か始めなくてはいけなかった。とにかく長男の為に。

その夜、夫に長男の肌を見てもらい、皮膚科の診断結果を伝えた。

けれど予想通り、夫には通じなかった。

「その程度でストレスになるなんて、弱いやつだ」

そう言った後、夫はさらにひどいことを言った。

「そんな弱い奴に、うちは継がせられんな」

信じられなかった。それを夫は長男に向かって言ったのだ。「継ぐ」って、いつの時代の話だ。しかも、別に何かしらの立派な家柄でもない。むしろ、こんな家系なんて滅んでしまえばいい。もちろん、この場で私が反論しても、夫が逆上して大声で怒り始めるのは目に見えていた。けれど、さすがに何も言わずにいるのは無理だった。分かってはいたけれど、また修羅場だ。こんな修羅場を子供たちの前で繰り広げることも、もちろんダメに決まっている。今で言う面前ＤＶだ。

けれど、長男の気持ちを考えたら、どうしようもなかった。母である私が、何もしないことの方が、より長男を失望させるような気もした。

これで長男のストレスは今まで以上にひどくなってしまう。

ミキヤ、ごめん。

何度も何度も、長男に謝った。守ってあげられなくて、辛い目に遭わせて、本当にごめん。長男に謝る私に、夫は罵声を浴びせ続けた。
なんとかしなくては。早く、早く。

今でこそ虐待という言葉も概念も浸透し、誰もが問題視する時代になったが、この頃は全く理解されていなかったように思う。
直接子供に暴力を振るわなくても、両親が子供の前で激しい喧嘩をすることも「面前ＤＶ」と言われ、大声での暴言で小さい子の脳がダメージを受けることも分かっているし、繰り返し恐怖を与えてしまうと心の健康を害する可能性が高いことも常識だ。

このままではいけない。このままでは長男はどうなってしまうか分からない。長男の状態も心配だし、こんな風に育てられて、いわゆる「良い子」に育つのかも不安だし、もっと言えば、そのうち家庭内暴力とかに発展するのではないか。何より、長男の辛さを思うと、心配と可哀想という思いで胸が潰れそうだった。

結婚前から常に夫の死を願っていた私だが、この頃からますます殺意が強くなっていった。

〈三男の誕生〉

長男の辛い日々は続いていたけれど、出産間近の私には、具体的には何も行動出来ずにいた。

それから数日経った桜の咲く日曜日の朝に、私の体調に異変があった。

三度目の妊娠で、お産が近いことを悟った私は、病院に向かった。まだ陣痛は感じなかったが、次男の時も相当なスピード出産だった為、早めに産婦人科に行った。

診察してもらうと、案の定すぐに出産になると言われ、もういつ産んでも良いと言われた。

あっという間に三男が産まれ、そのまま一週間入院となった。

私が入院している間、実家の母親が来て、家のことと、長男、次男の面倒を見てくれることになっていた。そして母は、毎日長男と次男を連れて病院に来てくれた。

最初にお見舞いに来てくれた時、長男は父親から怒られたと話した。

塾の勉強のことが原因だった。一問でも間違えれば、こっぴどく怒られるのだ。

私が家にいた時は、なんとか怒られないように一緒に予習をして、間違えたら復習をしていた。それが、私が入院中だから出来なかったのだ。

それを見ていた母も、初めて実態を目の当たりにし、かわいそうに思ったと嘆いた。

その日以来、長男は塾の教材を持って病院に来るようになった。

私は、一生懸命予習を手伝った。産後の安静など、どうでも良かった。長男と一緒に家にいてあげられず、どんなに心細いだろうと心配で仕方がなかった。

長い一週間の入院生活が終わり、ようやく退院の日が来た。

これで、私が付いていてあげられる。入院中よりは、守ってあげられると思った。

退院後は、さらに大変な日々だった。

家事、長男の勉強の見守り、次男の世話、三男の世話…。

私に寝る暇は全くなかった。過重労働どころではない。二十四時間労働のようだった。それでも、長男を見守ることが出来て、精神的には入院中よりもうんと楽だった。せめてもの救いは、次男が元気はつらつで、三男はおっぱいさえ飲めば、うんとよく寝てくれる手のかからない子だったことだ。だから、私は精一杯長男に寄り添うことが出来た。

そんなバタバタした生活の、産後一ヶ月もしない頃、また夫に転勤の辞令が出た。

次の赴任地は茨城県だった。

〈茨城へ〉

茨城に行くと決まり、真っ先に調べたことがある。長男の通っている塾が、茨城にもあるかどうかだ。

茨城で住むところは社宅と決まっていたので、住所はすぐに分かった。

あとは、通える範囲にその塾があるのかどうかだ。

調べたところ、茨城県に同じ塾はなかった。

ただ、電車に乗れば、大阪でそうしていたように通えなくはない範囲に塾があることは分かった。

けれど、考えた末、私は一縷の望みに賭け、茨城には同じ塾はないと夫に告げた。それは嘘ではなかったけれど、本当は通える範囲にあることは黙っていた。

今のように、スマホのある時代ではなかったから、夫も簡単には調べなかった。私から茨城にはその塾がないことを聞くと、同じ塾に通わせることは諦めたようだった。

もし、他の塾を探されたとしても、その間だけでも長男は塾から解放されるはずだ。そう思った。

四年生の長男、二歳の次男、生後一ヶ月の三男を連れての引っ越しは少なからず大変だった。

長男にとっては二度目の転校だった。比較的フレンドリーな性格だったこともあり、あまり転校を嫌がらなかったことは助かった。

新緑がまばゆい頃、茨城での生活が始まった。

長男は、すぐに友達が出来たようで、学校から帰ると毎日遊びに行くようになった。

街の雰囲気もよく、私は毎日次男と三男を連れて公園や散歩にも行き、引っ越しをしたことで環境も変わり、表面上ほんの少し普通の家族のようだった。

ただ、夫の性格には変わりがなかったので、基本的な居心地の悪さはあったし、機嫌が悪くなると暴言を吐くことは稀ではなかった。

だから、私は引き続き夫と離れる方法を模索していたし、夫への憎悪はますます膨らんでいた。

〈お祭り〉

引っ越してすぐ、その街でお祭りがあった。

長男は何人かの友達と一緒にお祭りに行く約束をしてきた。それは、とても嬉しそうで、私は安心した。無論、夫にもきちんとお祭りに行くことは伝えていた。

お祭り当日。

初めての土地でのお祭りに私も興味があり、次男と三男を連れて見物に行った。懐かしい感じのするお祭りで、出店も多く、いろんなイベントもあり、とても楽しかった。途中、友達と一緒にいる長男を見かけ、とても楽しそうにしていたのを見て、茨城に来て良かったと思った。少なくとも、大阪にいた一年間、長男には楽しい思い出なんてなかっただろうから。

私は次男三男のお昼寝に合わせて帰宅し、長男は夕方、元気に、楽しそうに帰ってきた。

そんな長男の顔を見るなり夫は突然言った。

「勉強はしとるのか」と。

お祭りに行くことは夫にも伝えてあったし、慣れない土地で、友達が出来てお祭りに行けたことは、私からすれば喜ばしいことに他ならなかったのに、夫から見たら、遊んでばかりだとの言い分だった。

何も、お祭りから帰った直後に聞くことはないのに。せっかく楽しかったであろうお祭りの余韻にぐらい、浸らせてあげてもいいのに。私は怒りに震えると同時に、長男が不憫で仕方なかった。

引っ越しのドタバタで、ほんの少しの間、勉強の話にはならなかったのに、また教育の虫が出てきたのだ。そう思った。

それから小一時間ほども、夫は勉強の大切さを語り、それは徐々に熱を帯びて、また怒りに変わっていく。

塾がないのなら、自分で勉強するようにと言い、当面の勉強計画を立てた。

そして、それを確実に長男にさせるよう私に念を押した。

夫が怒っている間に、夫のその声に驚いて三男が泣き始めると、夫はさらに激しく怒った。火の付いたように泣く三男を泣き止ますことが出来ないと、今度は私に暴言を吐いた。

私への暴言はいつも決まっていた。

「何にも出来ない」「最低の人間」この二つの言葉を何度言われたことか。言われすぎて、私はそういう人間なのかと思うようになっていたかもしれない。

何にも出来ない、ってどういうことだろう、最低の人間ってどういうことだろう。ぼんやりと頭の中で繰り返してみても、結論なんか出たことはなかった。とにかく、夫の怒りが収まるまで耐えるしかない。まるで台風や豪雨などの自然災害が過ぎ去るまで耐えるようだった。自然の前に人間が無力なように、夫の前で、私はあまりにも無力だった。そういう自分が心底情けなく、腹立たしかった。嵐が過ぎ去るのを待つ間、私はまた「死」について考えていた。

お祭りの日を境に、私と長男の生活は変わった。朝は、学校に行く前の勉強を課せられていた。長男は六時から勉強するようになった。私もそれに合わせて勉強に付き合った。

生後二ヶ月になった三男は、まだ夜中に何度か起きて泣いたが、それで寝不足だなんて言っていられなかった。

そんな生活が続いた後の、初めての週末に地獄の一日が始まった。

いつものように朝六時から勉強を始めた長男と、それを見守る私に、夫は「今日は俺が勉強を見る」と言った。

私が長男と勉強をする時には、次男と三男のお世話をしながらなので、リビングが定位置だったが、それでは集中出来ないだろうと、長男の部屋で勉強することになった。

長男の勉強部屋のドアはバタンと閉められた。

それから長い長い一日が始まったのだ。

私は次男三男のお世話をしながら、家事をしていた。掃除、洗濯、三男のオムツ替え、授乳…やることはいくらでもあった。そのすべての時間、私の耳は常に長男の勉強部屋に集中していた。

時折、夫が何かを叩くような音がしていた。

きっと怒って、机か何かを叩いたんだろう…。

私は心配で仕方がなかった。部屋の様子を窺おうにも、閉められたドアの奥からはピリピリした空気だけが感じられ、私が声をかけようものなら、「うるさい」と一喝されるのがオチだった。

ちょうど十二時頃、ようやく二人が昼食の為にリビングにきた。私は、お昼ご飯だけは、時間を見計らって抜かりなく準備をしていた。そういう部分でさらに夫の機嫌を損ねるようなことは、絶対にしたくなかった。

私が何を言っても、きっと夫を批判しているように聞こえるだろうと思うと、かける声にも緊張が伝わってしまいそうだった。それでも長男には、せめて昼食の間だけでも休んで欲しい、リラックスして欲しい。

少しでも長男を労わりたい気持ちと、やわらかい雰囲気に包んであげたくて、なんとか最小限の言葉を選んだ。

それは、本当にささやかな、長男には何の癒しにもならないような言葉ばかりだった。

私が無力感に苛まれている中、昼食をとり終わった夫と長男は再び勉強部屋へ戻って行った。

午前中も長かったが、午後はもっとずっと長く感じられた。

夫も疲れてきたのか、怒鳴ったり、ドンッという大きな音が何度も聞こえるようになっていた。

私は居ても立ってもいられなかった。それでも、次男を放ってはおけないし、三男は定期的に泣き、授乳をしてお世話をしなくてはいけなかった。そして、案の定、三男の泣き声は夫には邪魔らしく、ドアの向こうから「うるさい」「黙らせろ」と怒鳴られた。

もし、その時にスマホがあったら、私は人を殺す方法を調べていただろう。どうやっても夫から逃れられないのなら、殺すしかないと思い始めていた。でも、持っていたのは今で言うガラケーだし、ガラケーでは何かを調べたりすることは出来なかったから、自分で考えるしかなかった。

人を殺すには、どうすればいいのだろう。

背後からそっと近づいて鈍器で殴る。包丁で刺す。バットで殴る。大量の小銭を巾着袋に入れて遠心力を使って頭を殴る。車でぶつかるか、轢く。あとは…トリカブト殺人事件なんていうものもあったっけ。入浴中に電源の入ったドライヤーを湯船に放り込んだら殺せるのかな。それから薬の危険な飲み合わせ、とかも使えそうだ。

でも、たとえ夫を殺すことが出来ても、私が殺人犯で逮捕されたら子供たちはどうなる？

たとえ夫を殺すことが出来ても、子供たちと生活出来なくなるのなら意味がない。そう考えると完全犯罪しか有り得なかった。私の頭の中は、夫を殺すことでいっぱいになっていた。

殺人方法を考えながらの、その一日は特に長く感じられた。

夫の怒声と、物を叩く音、蹴っているような音…。

その間、夫は何度かトイレに出てきたものの、長男は一度も出てこなかった。きっと恐怖でトイレにも行けないのだろう。

そう思った。

私は夫に対する怒りで体が震えるのを止められなかった。

夕方六時頃、長い長い地獄の勉強が終わり、ようやく二人が勉強部屋から出てきた。

〈長男のこぶし〉

我が家にとって、週末は何より嫌いな曜日だ。その週末をやり過ごせば、多少は苦しみから解放される。

勉強部屋で一日中二人で勉強をした翌日の月曜日から三日間、夫は出張に出た。夫の出張が多かったことは、私たちにとって、何よりの救いだった。

その間も、勉強の予定は立てられているが、夫が家にいないというだけで、幾分リラックスできた。

その三日間も、私は家事育児をこなしつつ、殺人方法を考え続けていた。それに行き詰まると、自殺の方法を考えた。

自殺をするとしても、やっぱり子供三人を残しては逝けないと思った。そんなことをしたら、三人とも夫によって育てられてしまうからだ。子供たちを夫から引き離すのが一番の目的だから、私一人が死ぬことは最も避けなくてはいけないことだ。

ならば、私と子供が一緒に死ぬしかない。だから子供三人を連れて死ぬなら、どんな方法がいいのかも考えた。


四人の身体をぐるぐると巻いて、入水自殺がいいかと思った。私は子供たちをしっかりと抱いて死ぬのだ。

その時は練炭自殺のことは知らなかったから、選択肢にはなかったけれど、今なら練炭による一酸化炭素中毒がいいなあと思う。あまり苦しまずに死ねそうだから。

だけど、私は子供の命を奪ってしまうことになる。それもやはり、いけないことだ。

多分、私の脳は「死」でいっぱいだった。

そうして三日間死について存分に考え、結論は出ないまでも、薬の危険な飲み合わせだけは調べることが出来た。

三日ぶりに出張を終えた夫の帰宅は遅かったので、子供三人はすでに寝ていた。

翌朝、夫は起きてきた長男に勉強の進捗状況を聞いた。

その時の長男の左のこぶしを、私は一生忘れない。プルプルと震えていたのだ。

長男は、泣くのを我慢して夫の問いに答えていた。握られたこぶしは、ずっと震えたまま…。

夫は長男への詰問を終えると、出勤した。

夫が家を出てすぐに、長男に聞いた。長男の肩に両手を置き、しっかりと目を見ながら「このまま、お父さんと一緒に生活したい？」と。

長男は、涙をポロポロとこぼしながら首を横に振った。私は長男の返事を聞きながら、机の上にあった広報の「困り事は警察に」という文言を見ていた。

身支度をして、三人を連れて、そのまま警察に向かった。

警察では、まず事情を聞いてくれた。最初に聞いてくれた児童相談所の方は、

「慣れない土地で、気持ちが不安定なのかもね」と言った。

私も、長男も、その土地はとても気に入っていた。こぢんまりとした田舎の街で、初めての土地とは思えない懐かしささえ感じていたのに、全く理解されなかった。

次に、警察官の方が聞いてくれた。

私は、実情を分かってもらいたくて、一生懸命話した。

長い時間、真剣に聞いてくれた警察官の方は、私に向かって言った。

「旦那さんのしていることは、児童虐待です。奥さんにしていることは、ＤＶです。まずは、すぐにでも、お子さんをお父さんから隔離しなくてはいけない」

そして長男に向かって、

「児童養護施設に入る？」と。

私は、長男と離れるなんてことは考えていなかったから、驚いて長男を見た。

長男も、その言葉に驚いたようだったが、すぐに首を横に振った。

するとと警察官の方は、また私に質問した。

「それなら、どうしたいですか」と。

私は、以前夫から逃れて実家に行った時に、殺されそうになり警察の方にもお世話になったことを話した上で、

「行方不明になりたいです」と答えていた。

突拍子もないことを、と失笑されるかもしれないと思ったが、私は至って真剣に答えた。

すると警察官の方は、

「じゃあ、そうしましょう。お母さんと、お子さんの安全が第一です。夜逃げなんかじゃなく、堂々と家を出て大丈夫です」と。

さらに
「ストーカー規制法により、旦那さんが捜索願を出しても、警察は受理しません。何を聞かれても、あなたたちのことは守ります」と言われた。

二〇〇〇年にストーカー規制法が施行されたことを知らなかった。最初に暴力を受けてから十年以上が過ぎ、時代が変わっていた。警察の方が味方になってくれたように感じ、安心して嗚咽していた。

帰り道に長男と、明日家を出よう、今日だけ我慢しようと話した。帰宅してからは、家出の準備をした。準備と言ってもたいしたものは持っていけない。

家には車が一台あったが、車を持っていくのは憚られた。そういうところが、私の情けない部分だ。

DVをし、児童虐待をした男に、配慮がいるだろうか。いや、配慮はいらないだろう。でも、家出をするだけでも、夫にとっては十分に怒りの対象で、さらに車まで持ち出したとなれば、その怒りは尚更だろう。その状態で一番に怒りを向けられるのは、実家の両親だ。

私と子供たちがいなくなったら、夫は真っ先に実家に連絡を取るに違いない。だから、少しでも危険は減らしたかった。今度こそ、本当に命の危険に晒されるかもしれないのだ。

車を使わないということは、手に持てるだけの荷物で家を出ることになる。ちょうど三ヶ月になったばかりの三男はベビーカーが必要だし、二歳の次男は自分の大切なおもちゃを持つだけで精一杯だ。長男は、せめてランドセルと、最低限の教科書類、それと少しばかりの思い出の品…。長男にも十年近くの大切なものがあるのに、その一部を厳選させなくてはいけないことが、辛い。

そして私は三男の何日か分のオムツぐらいしか持っていけなさそうだった。たったそれだけの荷物で新たな人生を始めることは、とても不安だったけれど、この先夫と一緒の人生を何十年も続けるよりは、うんとマシなはずだ。いや、マシにするのだ。

結婚の時に両親が買ってくれた全ての家具も、成人式に用意してくれた振袖も、子供たちのアルバムも、何もかも茨城に置いていかなくてはいけなかった。

それは、本当に悲しいことだった。

両親にも申し訳ない気持ちでいっぱいだった。嫌になるほど親不孝な娘だ。

こんな娘のことは、忘れてもらった方が両親は幸せかもしれない。


そんな風だから、家出の準備はあっさり終わった。

準備をしているあいだ、私は両親にこのことを伝えるか迷っていた。

私と子供たちが夫の元を去れば、すぐに両親にも連絡が行くだろう。その時、もし両親が本当のことを知っていたら、隠し通せるだろうか。真実を知っていることがバレたら、酷い目に遭わせられるんじゃないか。

だからといって、何も知らずに、娘と孫の行方が分からなくなったら、それも心配するだろう。もしかしたら、両親には私への愛情がないかもしれないけれど、でも、万が一、少しでも愛情があったら、悲しませるだろう。

それも申し訳ない。

一日中逡巡した挙句、両親に伝えるのはやめることに決めた。

そして、それ以来、両親とは連絡を取っていない。全ては両親の安全の為だった。ただ、それで本当に両親が安全なのかは分からないので、失踪後も警察の方と連絡を取り合い、両親の状態を確認出来るようお願いして、了承を得た。

その夜は、不安と緊張で落ち着かなかった。これから起こることを、私と長男しか知らず、人生が変わろうとしているのに何も知らずにいつも通りの次男、三男を想い、妙な気持ちでいた。

〈失踪〉

翌朝夫が出勤すると、すぐに荷物を持って家を出た。

夏のよく晴れた日だった。行く当てもなかったから、駅まで行って、最初に来た電車に乗ることにした。

周りから見たら、単なる親子のお出かけにしか見えないだろう。世の中には、そういうシーンがたくさんあるのだと思う。いつもと変わらない日常の風景の中に、実は大事な人を亡くしたばかりの人もいるだろう。誰が、どんな事情を抱えているのかなんて、誰にも分からない。そう思った。

今、私がどんなに非日常の中にいて、不安でたまらなくても、声をあげて訴えなければ、誰にも届かないのだ。

何も知らない次男は電車に乗れると知って、喜んでいる。内心とても不安だったけれど、私が不安そうな顔をしていたら、子供たちはもっと不安に思うだろう。

だから、私はピクニックにでも行くような顔をしていた。いや少なくとも、そうしようと思っていた。実際、夫の元から逃げることは、地獄から逃げ出すのと同じで、蜘蛛の糸を上って行くようだった。ようやく光のさす方へと向かうことが出来たのだ。

ガラケーは一応持ってはいたけれど、電源を切った。この失踪は両親だけでなく、友達にも伝えなかった。夫は思いつく限りの知り合いに連絡を取るだろうから、その時に迷惑をかけない為に。

きっと、もう電源を入れることもないだろう。これで私は夫だけではなく、誰とも連絡を取れなくなる。両親とも、友達とも。

子供たちにも多くのものを失わせ、私も子供以外の全てのものを失った。

長男は持てるだけの荷物を持ち、次男はお出かけのような顔をして、三男はベビーカーですやすやと眠っていた。

仕事もなく、住むところもなく、今思えば思い切ったことをした。無謀極まりない。

でも、毎日毎日夫に怯え続けた結婚生活から、ようやく逃げ出せたのだ。夫を殺すか、自分たちが死ぬか、その二択しかないと思い詰めていた昨日までよりも、気分は晴ればれとしていた。

そうだ。死ぬ気になれば、なんでも出来ると言うじゃないか。

なんとかなるさ。

あとがき

ＤＶやストーカーによって苦しんでいる人は、今もきっと少なからずいると思います。その人たちの本当の苦しみは、被害に遭っている人以外には理解されないのだと、ずっと思ってきました。だから、たとえストーカー規制法が出来ても事件は起きるのです。ＤＶやストーカーをする人のことを多くの人に知ってもらい、その対策をし、被害に遭う人がいなくなり、怯えることなく人として幸せに生きられる世の中になって欲しいと切に願います。

私の場合、失踪してからは夫に怯えることはなくなっても生きることが大変でした。

職もなく、保証人もいない女子供に貸してもらえるアパートもない。乳飲子を抱えていても、自治体の役員、学校のＰＴＡ、保育園の役員、子供会の役員、登下校の旗当番、資源ごみの立ち当番（早朝から二時間）、夜回り（火の用心と言いながら拍子木を打ち町内を回る）…。

三人の子供を育てながら、仕事をし、地域の仕事も山ほどある。きっと、そういうこともきちんとしないと、よそ者は受け入れてもらえない。子供たちが地域で受け入れられる為には、それも頑張らなくてはいけない。当然正社員で働く時間などないから、金銭的には常に苦しい。

私の場合は夫に住所がバレるのを恐れて住民票も異動しなかったので、母子家庭とも認められず、公的な援助も受けられなかった。

夫の暴力からは逃げられたものの、本当に生きていけるのか、常に不安な日々。子供にとって、私の選択が正しかったのか、今もまだ常に自問自答している。

こんな状況でも、せめて家庭内は明るく楽しくしていたい。子供たちには出来るだけ天真爛漫でいて欲しい。

それだけを願って生きています。

著者プロフィール

久米 はる（くめ はる）

1968年10月25日生まれ。
愛知県在住。

ディーヴァー
DVer ～DVをする人～
殺すのはやめて失踪しました。

2023年11月15日　初版第１刷発行

著　者　久米 はる
発行者　瓜谷 綱延
発行所　株式会社文芸社
〒160-0022　東京都新宿区新宿１－10－１
電話　03-5369-3060（代表）
03-5369-2299（販売）

印刷所　株式会社暁印刷

ISBN978-4-286-24595-9